Benvenuti nel mondo delle

TeaSisters

Tea

Ciao, io sono Tea Stilton, la sorella di Geronimo Stilton! Sono l'inviata speciale dell'Eco del Roditore, il giornale più famoso dell'Isola dei Topi. Amo molto i viaggi e mi piace conoscere persone di tutto il mondo, come le Tea Sisters: sono cinque amiche davvero in gamba! Ve le presento!

Paulina

Altruista e solare, ama viaggiare e conoscere gente di tutto il mondo. Ha un vero talento per la tecnologia e i computer.

Pamela

È un'abile meccanica: datele un cacciavite e aggiusterà tutto! È golosa di pizza, che mangerebbe a ogni ora, e ama cucinare.

Colette

Ha una vera passione per vestiti e accessori, soprattutto di colore rosa. Da grande vorrebbe diventare una giornalista di moda.

Nicky

Viene dall'Australia ed è molto appassionata di sport, ecologia e natura. Ama vivere all'aria aperta e non sta mai ferma!

Violet

Ama molto leggere e conoscere cose sempre nuove. Le piace la musica classica e sogna di diventare una famosa violinista!

Vuoi essere una Tea Sister?

▼

....

mi piace ....
....
....
....
....
....

Testi di Tea Stilton
Coordinamento testi di Chiara Richelmi / Atlantyca S.p.A.
Collaborazione editoriale di Carolina Capria e Mariella Martucci

Coordinamento editoriale di Patrizia Puricelli
Editing di Viviana Donella

Art Director: Iacopo Bruno
Copertina di Barbara Pellizzari, Giuseppe Facciotto (disegno) e Flavio Ferron (colore)
Graphic Designer: Paola Berardelli / theWorldofDOT

Illustrazioni pagine iniziali e finali di Barbara Pellizzari (disegno) e Flavio Ferron (colore) | Mappe di Caterina Giorgetti (disegno) e Flavio Ferron (colore)

Illustrazioni della storia di Chiara Balleello (disegno) e Francesco Castelli (colore)
Coordinamento artistico di Flavio Ferron
Assistenza artistica di Tommaso Valsecchi
Grafica di Marta Lorini

Da un'idea di Elisabetta Dami
www.ildiariodelleteasisters.it

Nuova Edizione 2015

Anno 2016 - 2017 - 2018 Edizione 3 4 5 6 7 8 9 10 11 12 13 14 15

Stampa: ELCOGRAF S.p.A.
Via Mondadori, 15 - Verona

Questo libro è stato stampato
su carta certificata FSC®

FSC www.fsc.org
MISTO
Carta da fonti gestite in maniera responsabile
FSC® C115118

Tea Stilton

Un tesoro di CAVALLO

PIEMME

Pennelli e colori

Se qualcuno avesse chiesto alle Tea Sisters quale fosse la loro materia preferita, le cinque ragazze avrebbero dato ciascuna una **risposta diversa**.

Colette, che sognava di lavorare per una rivista di moda, avrebbe detto che la sua materia preferita era **Storia del Giornalismo**.

Pamela, appassionata di motori e interessata a capire il loro funzionamento, avrebbe risposto **Meccanica** e **Progettazione**.

Un'amante degli animali come Nicky non avrebbe esitato a indicare BIOLOGIA, mentre Paulina avrebbe sicuramente scelto INFORMATICA, che le dava la possibilità di approfondire le sue conoscenze nel mondo dei computer.

Violet, infine, avrebbe di certo optato per Musica, la materia grazie alla quale poteva rintanarsi nella sua stanza a suonare il violino.

Ma se alle cinque studentesse fosse stato chiesto qual era la materia che negli ultimi mesi le aveva coinvolte di più, le ragazze senza pensarci nemmeno un istante avrebbero risposto: Educazione Artistica!

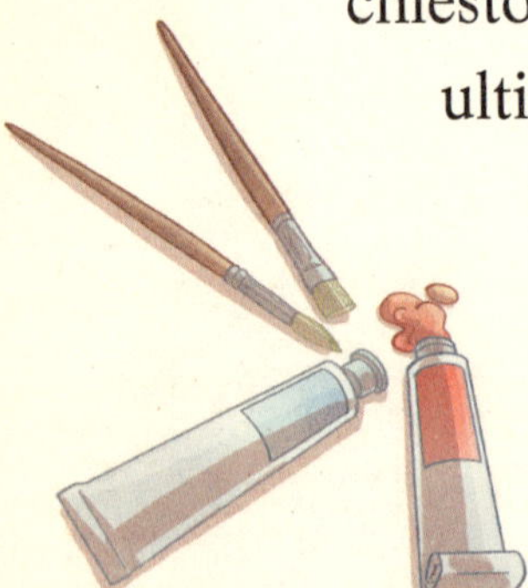

Durante quel semestre,

infatti, le Tea Sisters e gli altri studenti del College di Topford si erano dedicati alla **PITTURA DAL VERO** e si erano talmente appassionati a quella tecnica che trascorrevano ogni momento libero tra **COLORI**, **PENNELLI** e **tavolozze!**

Anche quel pomeriggio, le cinque aspiranti pittrici si sarebbero dedicate alla loro nuova passione.

– **Ehi, ragazze, siete pronte?** – chiese Nicky, facendo capolino insieme a Paulina e Violet in camera di Colette e Pamela.

– Prontissime! – rispose Pam mentre infilava nella tracolla il suo set di PENNELLI.
La sua compagna di stanza, però, non solo non rispose al saluto, ma rimase seduta sul letto fissando la TELA bianca che avrebbe dovuto iniziare a dipingere quel giorno.
Pam si avvicinò e scherzò: – Tutto bene, Cocò? Non mi dire che hai di nuovo finito il rosa?

Alla battuta dell'amica, Colette abbandonò l'espressione assorta e scoppiò a ridere: – No, no, ho appena rifornito la mia tavolozza di tutte le sfumature di rosa che ho trovato! Però...

– Però... che cosa? – chiese Violet.

– Non so... pensavo ai SOGGETTI dei nostri dipinti: ho come l'impressione che abbiamo già ritratto tutto quello che potevamo...

Violet, Nicky, Pamela e Paulina si guardarono pensierose.

Colette aveva ragione: nelle ultime settimane avevano realizzato dipinti dei loro amici, dei loro insegnanti e di ogni scorcio di Topford!

– Uffa, è vero! – sbuffò Paulina, mettendosi a sedere accanto a Colette. – Ora che ci penso,

nemmeno a me viene in mente qualcosa che non abbiamo ancora DIPINTO!

Violet allora domandò:

– E quindi adesso che cosa facciamo?

– **Lo so io!** – esclamò Pamela dopo qualche istante di silenzio. – Voi prendete tutto il materiale, io invece prendo le chiavi del **FUORISTRADA!**

Colette guardò l'amica, perplessa: – Va bene che abbiamo già dipinto tutto il possibile, ma non credo che ritrarre le **chiavi** della tua auto sia una buona idea...

– Ma che cosa hai capito?! – rise Pam. – Voi prendete TELA e COLORI, io prendo le chiavi del fuoristrada, così facciamo un giro per l'isola e cerchiamo nuovi SOGGETTI e paesaggi per i nostri quadri!

Pomeriggio con imprevisto

Quando tutte le Tea Sisters furono salite a bordo del fuoristrada di Pamela, Colette chiese:
– Ragazze, e adesso dove si va?
Sull'**Isola delle Balene**, per fortuna, non mancavano luoghi suggestivi in cui le ragazze potessero andare a caccia d'ispirazione.
Nicky propose: – Potremmo raggiungere il **MARE** e dipingere i faraglioni!
Paulina disse: – Oppure potremmo salire verso le **montagne!**
Violet rilanciò: – E se invece andassimo a dipingere... in **campagna?**
Quella sì che era un'idea originale!

Pam si diresse così verso la zona più VERDEGGIANTE dell'isola, dove fu facile per le ragazze trovare nuovi soggetti da immortalare sulle loro tele!

Colette sistemò il proprio CAVALLETTO davanti a un campo di GIRASOLI, Paulina iniziò a disegnare un nido di pettirossi, mentre Violet si sedette sulla riva di un piccolo ruscello. Nicky, invece, si dedicò al ritratto di una QUERCIA secolare e Pamela a quello di una famigliola di anatre. Dipingendo, il pomeriggio trascorse velocemente!

– Allora, Colette, ti sembra ancora che sull'isola non ci sia più niente da DIPINGERE? – chiese Nicky, mentre con le amiche raggiungeva l'auto per far ritorno al college.
Colette sorrise felice: – Nient'affatto! Anzi, avrei voluto avere altre TELE, ci sono così tanti soggetti interessanti, qui!
Paulina esclamò: – Hai ragione, è stato un POMERIGGIO STRATOPICO!
– E c'è un solo modo per concluderlo degnamente – disse Pamela, saltando al posto di guida e infilando la chiave d'accensione.
– Con una bella fetta di pizz...
Ma la ragazza non finì la frase perché il rumore del motore la preoccupò.

RRRRRRRRRRRRRRRRR

Violet domandò: – Che cosa succede, Pam?
La ragazza mormorò: – Mmm... niente di buono. Il fuoristrada **NON PARTE!**
Invece di avviarsi, il motore continuava a fare **rumori strani**. Pam non si perse d'animo, e cercò di capire quale fosse il problema... **MA SENZA RISULTATI!**

– Niente da fare! – esclamò poco dopo, ripulendosi le mani dal GRASSO del motore.
– Non riesco a capire che cosa sia successo!
Paulina osservò: – Questo è un bel GUAIO...
E ora come torniamo al college?
Per fortuna, in quel momento da dietro la curva comparve un'automobile guidata da un roditore dall'aria simpatica. Accanto a lui sedeva una roditrice sorridente.

– Salve, ragazze! Problemi col **MOTORE?** – chiese il roditore, accostandosi al fuoristrada di Pam.

– Già – rispose Pamela. – Non riesco a farlo ripartire!

Il roditore esclamò, presentandosi alle *studentesse* con un sorriso:

– Io sono Bob e lei è mia moglie Lisa! ***Lasciatemi dare un'occhiata!***

Bob trafficò con fare esperto sotto il cofano del fuoristrada, ma alla fine scosse il capo: – Credo di aver capito qual è il problema, ma senza i miei ATTREZZI non posso fare niente!
Colette sospirò: – Oh! E ora come facciamo?
– Non PREOCCUPATEVI, a tutto c'è una soluzione! – le rassicurò Lisa. – La nostra fattoria è poco distante da qui, vi traineremo fino a lì e una volta arrivati Bob farà tornare il vostro motore COME NUOVO!

Benvenuti all'Orizzonte!

Mentre venivano TRAINATE dall'automobile di Bob, le Tea Sisters iniziarono a fantasticare sul posto in cui stavano andando. Non avevano mai sentito parlare della fattoria di Bob e Lisa, e non vedevano l'ora di visitarla!

Quando, alla fine di una lunga strada sterrata, videro in lontananza un'insegna di legno con la scritta RANCH ORIZZONTE, le ragazze non riuscirono a trattenere un 'OOOHHH!' di sorpresa.

– Un ranch! – esclamò Colette. – Vuol dire che qui ci sono dei cavalli!

– Proprio così! – annuì Lisa sorridendo.
– A te piacciono i cavalli?
La ragazza spalancò i grandi occhi azzurri: – Se mi piacciono i cavalli? Io li adoro! Ho iniziato a fare **EQUITAZIONE** da piccolissima!
– Beh, allora, se vuoi, qui da noi potrai continuare a **esercitarti**: una parte del ranch è proprio una scuola di equitazione!
Colette non si fece ripetere l'**invito** due volte. Mentre Bob e Pam portavano il fuoristrada nel garage per **RIPARARLO**, si precipitò insieme a Lisa nella zona del maneggio.

Poco dopo, riapparve in sella a un bel cavallo dal **MANTO** color nocciola chiamato **Vento!**
Ma, come le ragazze scoprirono chiacchierando con Lisa, l'Orizzonte era molto più di un **SEMPLICE MANEGGIO!**

– Laggiù c'è la zona in cui **ALLEVIAMO** i nostri cavalli – spiegò la roditrice, mentre

passeggiavano per il ranch. – Da quella parte, invece, abbiamo una CLINICA in cui ci prendiamo cura degli animali ammalati o infortunati!
Violet chiese meravigliata: – E vi occupate di tutto tu e Bob da soli?!
– Sì, siamo noi due... – rispose Lisa. – Noi due e una PICCOLA AIUTANTE che credo troveremo nelle stalle...
Infatti, una volta entrate nel capannone che ospitava i cavalli, la roditrice e le Tea Sisters scorsero una ragazzina con le TRECCINE bionde e lo sguardo timido.
– Eccola qui, la nostra aiutante! – esclamò Lisa. – Ragazze, vi presento nostra figlia, Sandy!
Alla vista delle quattro sconosciute, la ragazzina lasciò cadere la CAROTA che stava offrendo

LEI È SANDY!

a un bellissimo cavallo dal manto nero e corse a nascondersi dietro ad alcune balle di fieno.
– Scusatela... Sandy è un po' **timida!** – spiegò Lisa.
Violet, che tra le Tea Sisters era la più timida, sorrise: – Non c'è niente di cui **Scusarsi!** Anche a me viene spesso voglia di nasconderm... **AAAAAAHHHHHH!**

A spaventare Violet era stato un cavallo bianco che le si era avvicinato e le colpiva il fianco con il muso.
– Che cosa fai, Nuvola? – lo rimproverò Lisa. – Lascia in pace la nostra ospite!
Ma Nuvola continuava a GIRARE con insistenza attorno a Violet, che disse preoccupata: – Ma... io... non capisco che cosa voglia...
– Hai delle CARAMELLE? – chiese allora una vocetta da dietro il fieno.
Lisa e le ragazze si voltarono, e si accorsero che Sandy le aveva raggiunte.
– Delle caramelle? – chiese Violet.
Poi, illuminandosi, si frugò nelle tasche: – Ma sì, certo, ho questi ZUCCHERINI!
Lisa scoppiò a ridere: – Ecco spiegato l'interesse di Nuvola! I cavalli sono golosissimi di zuccherini!

CHE CAVALLO GOLOSO!

L'ABBIAMO RIPARATO!
HE HE!

In quel momento...

PE-PE-PEEEEE!

– Ehi, ci sono Pam e Bob! – esclamò Nicky, guardando nella direzione da cui era arrivato il suono del CLACSON.

– Bravi, siete riusciti a far ripartire il fuoristrada! – si complimentò Lisa. – Ora le ragazze potranno tornare al college!

Pamela, Colette, Nicky, Violet e Paulina si scambiarono un'OCCHIATA: che peccato lasciare così presto il Ranch Orizzonte...

Sogno... o realtà?

Un raggio di SOLE filtrò nella stanza e si posò sul viso di Colette che, ancora mezza addormentata, sorrise nel sonno. Era trascorsa una settimana da quando, insieme alle sue amiche, aveva scoperto l'esistenza del Ranch Orizzonte. Da allora, faceva lo stesso SOGNO tutte le notti: immaginava di galoppare in sella a Vento, il cavallo che aveva montato qualche giorno prima al RANCH di Bob e Lisa.

Nel sogno poi non accadeva nulla di eccezionale, se non l'emozione che provava Colette! La strada STERRATA sotto gli zoccoli del cavallo, la brezza che le scompigliava i capelli, il profumo dei fiori, la criniera di Vento che ondeggiava... tutto le dava una sensazione di felicità assoluta.

BI-BI-BIP! BI-BI-BIP!
BI-BI-BIP!
BI-BI-BIP! BI-BI-BIP!

Il suono della sveglia interruppe bruscamente il sogno della ragazza.

– Uffa! – si lamentò Colette, spegnendo la fastidiosa seccatrice.

– Mmm... – mugugnò Pamela nel letto

accanto, stropicciandosi gli occhi. – Stavo facendo un SOGNO bellissimo... eravamo al Ranch Orizzonte e...
Colette si rizzò a sedere nel suo letto: – Anche tu stavi sognando il RANCH ORIZZONTE?!

– Sì! – rispose l'amica. – Nel sogno stavo aiutando Bob a riparare il TRATTORE!

Poco dopo le due compagne di stanza scoprirono che anche le altre non avevano dimenticato quel piccolo ranch!

Infatti, quando arrivarono in MENSA per fare colazione, trovarono Violet ad accoglierle, ansiosa di far vedere loro la sua ultima creazione artistica.

– Guardate, l'ho dipinto ieri sera! – disse la ragazza, mostrando una GROSSA TELA su cui aveva dipinto il ranch.

Paulina confessò: – Io adoro Topford, ma mi manca la Fattoria di Bob e Lisa.

Nicky sospirò: – Già... Manca anche a me! Che posto meraviglioso...
Proprio in quel momento, Shen si avvicinò al tavolo insieme a Craig, Vik, Ron, Elly e Tanya, e chiese: – Di quale posto meraviglioso state parlando?
Pamela, facendo posto agli amici, spiegò: – Di un ranch che abbiamo SCOPERTO la settimana scorsa!
Paulina aggiunse: – Hanno un maneggio, un allevamento di cavalli e una clinica per ANIMALI!

Craig esclamò: – Wow! Sembra fantastico! Mi piacerebbe tantissimo visitarlo e... diventare COWBOY* per un giorno!

* *Il cowboy è una figura tipica degli Stati Uniti d'America: si occupa del bestiame nei ranch e lo porta al pascolo.*

Nicky allora propose: – Perché non ci andiamo tutti insieme?

– Oggi? – domandò Elly perplessa. – Oggi abbiamo lezione...

– Certo, ma nulla ci impedisce di andarci dopo le lezioni... O NEL FINE SETTIMANA! – osservò Violet.

– Oppure... – esclamò Colette sorridendo.

– Oppure potremmo fare di più: potremmo chiedere a Bob e Lisa se hanno bisogno di aiuto! In questo modo potremmo passare lì un po' del nostro tempo libero e renderci anche utili!

Tanja, che come direttrice del giornalino scolastico era sempre a caccia di spunti per nuovi articoli, annuì: – Mi pare un'ottima idea! Un'esperienza del genere sarebbe perfetta per un REPORTAGE!

FAREMO GLI AIUTANTI AL RANCH ORIZZONTE?
BELL'IDEA!

– Allora siamo d'accordo? – chiese Paulina alzandosi in piedi. – Ci offriamo come aiutanti al Ranch Orizzonte?

I ragazzi si guardarono in silenzio per un istante, e poi fu Pam a dare voce al pensiero di tutti: – Sììììììììììììììììì!

Una prova inaspettata!

Rallegrati dalla prospettiva di recarsi quello stesso **pomeriggio** al Ranch Orizzonte per parlare con Bob e Lisa della loro idea, le Tea Sisters e i loro amici affrontarono le lezioni con il doppio delle energie.
E non appena la **campanella** fu suonata, gli studenti montarono in auto e partirono!
Bob, vedendo arrivare le Tea Sisters, esclamò:
– Ragazze, è davvero un piacere rivedervi! E in **compagnia**, per di più!
– Salve, Bob! – disse Pamela. – Abbiamo parlato così tanto ai nostri **amici** del vostro ranch che hanno insistito per vederlo di persona!

Una volta fatte le **presentazioni,** gli studenti di Topford si scambiarono un'occhiata complice: era giunto il momento di proporre il loro **progetto di collaborazione!**
Così Colette iniziò a dire: – Ehm... Senti Bob, oggi siamo venuti qui per...
Ma la ragazza non riuscì a **completare** la frase, perché Lisa sopraggiunse di corsa

con un'espressione allarmata sul viso: – Bob, presto, vieni!
– Che cos'è successo? – chiese Bob preoccupato, RAGGIUNGENDO la moglie.
Solo allora Lisa si rivolse agli ospiti: – Oh, ciao ragazzi, scusate per l'accoglienza, ma abbiamo un problema: NON TROVIAMO PIÙ BERRY!
Berry era uno dei puledri del ranch e, visto che era diventato abbastanza grande da non essere più ALLATTATO dalla mamma, si era di recente guadagnato una stalla tutta sua... stalla che però, quel pomeriggio, Lisa aveva trovato VUOTA!
– Stai tranquilla, Lisa – disse subito Pamela.
– Vi aiuteremo a cercarlo!
La roditrice sembrò rasserenarsi un po':
– Grazie ragazzi, siete molto gentili!

Gli studenti si divisero in GRUPPETTI e iniziarono a cercare Berry attorno alle stalle e nella zona dedicata al maneggio.
Il piccolo puledro, però, sembrava SVANITO nel nulla!
– Niente, abbiamo guardato dappertutto! – disse Nicky raggiungendo le altre Tea Sisters.
– BERRY NON È NEL RANCH!
Pamela rifletté: – E adesso? Non possiamo certo darci per vinte!
– Vorrà dire che lo CERCHEREMO fuori di qui! – concluse Paulina.
L'idea della ragazza si rivelò corretta, perché ben presto, proseguendo le ricerche nei dintorni dell'Orizzonte, le Tea Sisters scorsero in lontananza una SAGOMA rossiccia che brucava tranquillamente l'erba in un prato.
– Eccolo! – esultò Pamela.

TROVATO!
MENO MALE, È QUI!

Quando giunsero a pochi passi dal puledro, però, Nicky fece segno alle amiche di fermarsi: – Aspettate un attimo, non muovetevi!
– E PERCHÉ?! – chiese Pamela perplessa.
– Ssshhhh! – fece Nicky, portandosi un dito alle labbra. – Abbassa la voce, si è accorto di noi, e ha iniziato a innervosirsi!
Pamela, Colette, Paulina e Violet osservarono l'animale più attentamente, e si accorsero che Nicky aveva ragione.
Berry aveva smesso di brucare placidamente l'erba e guardava le cinque ragazze con gli OCCHI spalancati, agitando la coda.
– E ora come facciamo? – sussurrò Violet preoccupata. – Avvicinandoci ancora rischiamo di farlo FUGGIRE!
– Non preoccupatevi – le rassicurò Colette.

– I cavalli sono animali sensibili e intelligenti: se noi gli comunicheremo **tranquillità**, si tranquillizzerà anche lui!

Dopo aver detto ciò, Colette si diresse verso il puledro con sguardo sereno e andatura lenta, continuando a parlargli **dolcemente**: – Ciao, Berry! Siamo venute per riportarti a casa!

La ragazza, poi, si chinò a raccogliere un **ciuffo d'erba** che porse all'animale, e il suo gesto fu apprezzato, visto che Berry mosse qualche passo verso di lei e, **ruminando** l'erba fresca, si lasciò accarezzare!

Al loro ritorno al ranch, le Tea Sisters e Berry furono accolti da applausi e gridolini di gioia.

– RAGAZZE, SIETE STATE BRAVISSIME!

Lisa le abbracciò: – Non sappiamo davvero come **RINGRAZIARVI!**

– Forse un modo ci sarebbe... – disse Pamela.

– A noi piace molto stare qui da voi al ranch, quindi che ne direste di **accoglierci** come vostri aiutanti nel fine settimana?
Bob e Lisa rimasero per un istante in silenzio, poi **scoppiarono** a ridere.
– Ma certo! – disse Bob. – E a giudicare da come ve la siete cavata oggi, siete i **MIGLIORI AIUTANTI** che potremmo mai avere!

Cambio di programma!

Il resto della settimana volò e finalmente per i nuovi aiutanti del Ranch Orizzonte giunse il sabato, cioè il loro **PRIMO GIORNO** di lavoro!
Quel mattino, mentre si preparavano alla partenza, Violet, Nicky e Paulina ricevettero un *messaggino* da parte di Colette...

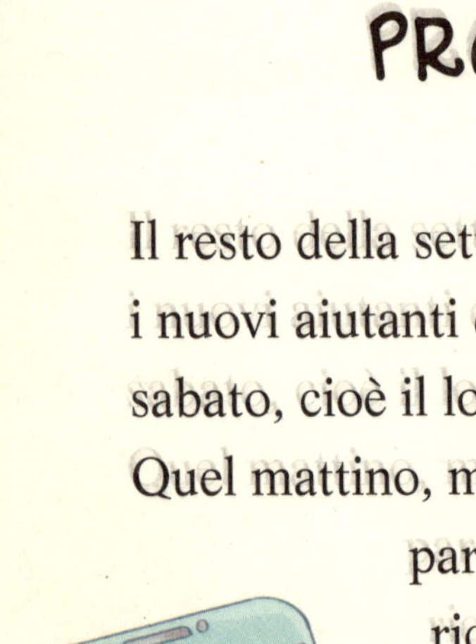

Dieci minuti dopo, le Tea Sisters si ritrovarono nella sua **stanza**.
Colette e Pam stavano finendo di preparare gli

zaini con l'occorrente per quel fine settimana.
Paulina domandò curiosa: – Come mai ci hai chiesto di passare di qua?
– Perché ho una sorpresa per voi! – svelò Colette sorridendo.
Poi corse al suo armadio e tornò con cinque pacchetti, ciascuno dei quali conteneva un **CAPPELLO** da cowboy e una bandana coordinata.

– Ho pensato che ci servisse un accessorio adatto al **RANCH!**
Nicky esclamò:
– E cappello e bandana sono perfetti! ***Grazie Cocò***, come faremmo senza di te?

Poi, le Tea Sisters si avviarono verso il cortile del college, dove avevano appuntamento con i loro amici.
Mentre PERCORREVANO il corridoio, però, le ragazze furono costrette a fermarsi, perché il passaggio era bloccato da una lunghissima rastrelliera carica di VESTITI.
In quel momento, Vanilla uscì dalla sua stanza insieme alle Vanilla Girls, con in mano due abiti elegantissimi: – Aggiungo solo questi abiti da sera e ho finito!
Quando si accorse delle Tea Sisters, la studentessa più viziata di Topford fece un sorrisetto:

– **Ma come vi siete conciate?!?**

Per favore, levatevi da qui, non vorrei che qualcuno pensasse che quei ridicoli cappelli che indossate siano miei!

C'è una festa?
Ma come vi siete vestite?

Paulina scherzò: – Beh, se il tuo gusto per la moda è pari alla tua gentilezza...

Vanilla si fece serissima: – Si dà il caso che qui ci sia una selezione di capi esclusivissimi che indosserò per farmi FOTOGRAFARE da Jean-Claude Chiffon, il famoso fotografo di moda!

In effetti, erano mesi che la ragazza non faceva altro che parlare delle magnifiche FOTO che avrebbero composto il suo servizio fotografico da futura TOP MODEL.

– Allora... buon divertimento! – le augurò Nicky, facendosi

strada tra un vestito e l'altro e allontanandosi con le amiche.

– **La vostra è tutta invidia!** – esclamò Vanilla, rientrando nella sua stanza.

Poi si rivolse alle Vanilla girls: – Ma dove staranno andando, **conciate** in quel modo?

– Non lo sai? – rispose Alicia. – Oggi iniziano a **lavorare** come aiutanti in un ranch dell'isola!

Vanilla sgranò gli occhi **DISGUSTATA**: – Un ranch?! Cioè passeranno il fine settimana tra cavalli, fieno, fango...

ASPETTATE UN ATTIMO!

La ragazza corse in camera, afferrò l'ultimo numero di TOPOGUE e lo sfogliò fino a trovare il servizio di moda più importante del mese... Un articolo intitolato Moda in campagna!

Connie chiese: – Che succede, Vanilla?

– Succede che devo CHIAMARE subito Chiffon e dirgli che ci vediamo al ranch! – rispose Vanilla con espressione sognante.

– Voglio anch'io un **servizio fotografico** in campagna!

UNA GIORNATA DA RICORDARE!

Il LAVORO al Ranch Orizzonte era come gli studenti di TOPFORD se l'erano immaginato: faticoso, ma anche divertente e interessante! Non ci si annoiava mai, perché ACCUDIRE i cavalli era impegnativo: bisognava spazzolarli e dar loro da mangiare. E poi bisognava tenere PULITE le stalle e l'area dedicata alle lezioni di equitazione!

Ma accadeva sempre qualcosa che ricompensava i ragazzi della FATICA: un nitrito allegro, lo sguardo riconoscente di Bob, il profumo dei fiori... o quello del pane appena sfornato!
– Ragazzi, è ora della merenda! – esclamò Lisa, avvicinandosi al maneggio con una CARRIOLA carica di bibite e focaccine.

Pamela gioì: – Adoro questo momento!

Dopo che tutti si furono serviti, nella carriola rimasero una sola BOTTIGLIETTA e una sola focaccina.

Lisa si chiese, guardandosi attorno: – Dove sarà finita Sandy?

– L'ho vista poco fa nelle stalle! – disse Nicky prendendo la bibita e la focaccia della ragazzina. – La merenda gliela portiamo noi!

Le Tea Sisters trovarono Sandy intenta a offrire carote all'IMPONENTE cavallo nero insieme al quale l'avevano vista la prima volta.

– Ciao, Sandy! – la salutò Paulina. – Hai anche tu un po' di fame?

La ragazzina guardò intimidita le cinque ragazze, poi senza dire una parola prese la merenda e si sedette a mangiarla su una balla di fieno, accanto al suo cavallo preferito.

Violet le chiese: – Questo è il tuo cavallo?
Sandy ARROSSÌ, poi annuì addentando la focaccia.
– Ci dici come si chiama? – domandò Colette, nel tentativo di fare amicizia.
Sandy restò zitta per qualche istante, poi, senza guardare le Tea Sisters, rispose: – BLACK!

Colette allora le sorrise: – Questo sì che è un bel nome per un CAVALLO! E dimmi, lo hai scelto tu?
Ma in quel momento una voce ben nota alle Tea Sisters strillò:

– QUELLO! LE MIE FOTO VOGLIO FARLE IN SELLA A QUEL CAVALLO NERO!

Era Vanilla! E insieme a lei c'erano Bob e un roditore con un'enorme **MACCHINA FOTOGRAFICA** al collo.
Nicky esclamò: – E tu che cosa ci fai qui?
Vanilla scrollò le spalle: – Per una volta, mi avete suggerito una buona idea: sono qui con Jean-Claude Chiffon per realizzare alcuni scatti da inserire nel mio book fotografico. E li farò con quel magnifico cavallo nero!
– Veramente... – provò a ribattere Bob, notando lo sguardo turbato di Sandy. – Black è il cavallo di mia figlia, non so se...
Ma Vanilla, VIZIATA e capricciosa come era, non era abituata a sentirsi dire di no.

E riconosceva al volo le persone **troppo gentili** per negarle qualcosa.
– Oh, signor Bob! – si lagnò la ragazza.
– Mi aveva detto che potevo scegliere qualsiasi cavallo volessi! E io voglio Black! Il **COLORE** del suo manto si abbina alla perfezione con la mia **COLLANA!**

Vanilla insistette tanto, che alla fine Bob le disse di sì. Ma la avvertì: – A patto di non montarlo! Black si lascia **cavalcare** solo da Sandy!
Sfortunatamente per la giovane De Vissen, però, Black era molto più diffidente di Bob, e quando si trovò nel **RECINTO** insieme a lei iniziò a guardarla di traverso e ad agitare nervosamente il muso.
Ignorando l'avvertimento di Bob, Vanilla afferrò la **sella** di Black, per cercare di salire.
Ma il cavallo la **SPINSE VIA** con un colpo di muso. La ragazza perse l'equilibrio e... cadde su un mucchio di fieno!
– Beh... – esclamò Violet alla vista di Vanilla per terra, ricoperta di fieno. – Forse avrai bisogno di una **RIPULITA** prima del servizio fotografico!

CHE VOLO!
AHIA!

L'AVEVO AVVERTITA...
HI HI!
SI SARÀ FATTA MALE?

Tanti pro… e un contro!

Dopo quella giornata segnata dall'arrivo e poi dalla fuga a testa bassa di Vanilla, l'appuntamento degli studenti con il Ranch Orizzonte diventò una **piacevole** abitudine.
Le Tea Sisters e i loro amici trascorrevano la settimana impegnandosi nello studio come sempre, ma nel fine settimana indossavano **jeans** e **CAPPELLO** e si precipitavano ad aiutare Bob e Lisa!
E mano a mano che diventavano più esperti, anche i compiti che affidavano loro i due allevatori si facevano più **impegnativi**.
Fu così che un pomeriggio le ragazze si

ritrovarono ad assistere Bob mentre curava la zampa ROTTA di una piccola capretta, caduta in una scarpata.
E fu sempre lavorando nella PICCOLA CLINICA del ranch che conobbero la storia del cavallo di Sandy, **BLACK**.

Black non era sempre stato il **purosangue** fiero e maestoso che gli studenti di Topford avevano incontrato qualche settimana prima: appena nato era un puledro gracile ed era cresciuto forte e robusto solo grazie alle pazienti CURE di Bob.

Forse proprio per questo Sandy era così affezionata a quel cavallo: anche lei, infatti, era *minuta* e timida. In sella a Black, però, la ragazzina si sentiva forte e capace di ogni impresa: quel cavallo era il suo **migliore amico**, con cui affrontare qualsiasi sfida!

Trascorrendo più tempo al Ranch Orizzonte, le Tea Sisters vennero a contatto con il signor Martin, il **PROPRIETARIO** di un grazioso casale confinante con il ranch. Ma era un roditore tutt'altro che **amichevole!**

Mentre Bob e Lisa erano sempre sorridenti, il signor Martin era sempre **ACCIGLIATO**.

Mentre Bob e Lisa avevano sempre una parola gentile per tutti, il **signor Martin** non perdeva occasione per litigare e trovava sempre una ragione per lamentarsi.

In particolare, sembrava avere in antipatia **ragazzi** e **CAVALLI**.

Un pomeriggio, di ritorno dalla consueta **PASSEGGIATA** a cavallo che le Tea Sisters si godevano una volta sbrigati tutti gli impegni al ranch, Colette esclamò: – Guardate! Quelli non sono Sandy e Black?

– Sì, sono loro! – confermò Violet. – E temo che Sandy si stia sorbendo una delle ramanzine del signor Martin.

La ragazzina, infatti, era in sella al suo cavallo, ma era ferma sul ciglio della **STRADA** e ascoltava a testa bassa ciò che le stava dicendo il vicino.

Nicky li salutò, **raggiungendoli**:

– Buongiorno signor Martin, ciao Sandy! C'è qualche problema?

Il roditore, **PAONAZZO** in viso, gridò:

– Certo! Come ogni volta che ci sono di mezzo questa ragazzina e questo animale!

MI DÀ SEMPRE PROBLEMI!

Violet, rassicurando con lo sguardo Sandy, provò a ribattere: – Capisco, ma sono sicura che non si tratta di niente di **GRAVE**...

La ragazzina infatti sembrava **frastornata** dalle urla del roditore, ma continuava a cercare di *tranquillizzare* Black con leggere carezze sulla criniera.

Ma Martin le rispose: – Questo lo dici tu, signorina, ma io sono stanco di veder SCORRAZZARE questi due attorno alla mia proprietà!

Poi, tornando a rivolgersi a Sandy, aggiunse: – Che non si ripeta MAI PIÙ!

Detto ciò, il roditore montò a bordo della sua AUTO e mise in moto.

E quando si rese conto che i cavalli delle ragazze erano troppo VICINI perché l'auto potesse ripartire, non si fece scrupolo a suonare ripetutamente il clacson.

PEE-PEEE-PEEEEE!

– Per mille bielle sbiellate, ci vada piano con quel CLACSON! – protestò Pamela. – Spaventa i cavalli!

– Non è un mio problema – tagliò corto il signor Martin, SCHIACCIANDO il piede sull'acceleratore e ripartendo. Prima però diede un altro lungo colpo di clacson che TERRORIZZÒ Ruggine, il cavallo montato da Paulina, che spaventato s'imbizzarrì, disarcionando la sua cavallerizza!

Una nuova amica

Quando Ruggine si era **imbizzarrito**, Paulina aveva subito stretto il collo dell'animale con le braccia: così, anche se non era riuscita a restare in **sella**, aveva rallentato la caduta, cavandosela solo con qualche **LIVIDO**. Era già passata una settimana da quell'**INCIDENTE**, e per quanto si ripetesse che una volta caduti da cavallo bisognasse subito ***RISALIRE*** in sella, lei non ci riusciva proprio.

Quel pomeriggio decise di andare a trovare Ruggine al suo box.

– Io lo so che non l'hai fatto di proposito – sospirò la ragazza, offrendo una carota al cavallo dal MANTO ramato. – Ma non riesco a fare a meno di temere che mi farai cadere di nuovo!

Il cavallo sbuffò: – Bbbrruuuffff!

Paulina annuì: – Già... è un bel guaio...

– Ciao! – disse allora una vocetta dal fondo della stalla.

– Sandy?! – esclamò Paulina, che credeva di essere sola nella stalla.

La ragazzina raggiunse Paulina, poi offrì anche lei un pezzo di CAROTA a Ruggine.

Dopo qualche minuto di silenzio, rivelò:

– Una volta anch'io sono caduta. E ho pensato che non avrei cavalcato mai più!

Paulina le chiese: – E... e poi come hai fatto a superare la PAURA?

Sandy sorrise: – Ho pensato che la paura mi faceva essere TRISTE, invece cavalcare Black mi rendeva felice...

Paulina fu colpita da quelle parole: Sandy era la ragazzina più timida che avesse conosciuto, ma aveva trovato il CORAGGIO di parlarle per aiutarla!

– HAI RAGIONE! – disse la ragazza, ritrovando il sorriso. – Che cosa ne dici se adesso andiamo a chiamare le altre e ci facciamo una cavalcata tutte insieme?

E fu così che Colette, Pamela, Violet e Nicky, mentre stavano finendo di prendersi cura dei puledrini del ranch, videro arrivare Paulina e Sandy in sella a Ruggine e Black.

Nicky esclamò incredula: – Paulina! Ma... ma... ma tu... sei tornata a cavalcare!
Paulina sorrise: – Già! E adesso non ho intenzione di farlo DA SOLA, quindi sellate i cavalli e venite con noi!
Durante quella passeggiata, le Tea Sisters scoprirono una Sandy che fino ad allora non avevano conosciuto.
Non più timida e silenziosa, ma VIVACE e allegra... persino chiacchierona!
Sandy mostrò loro i posti dove amava andare a cavalcare, e svelò per quale motivo lei e Black passassero sempre attraverso il boschetto vicino al casale del signor Martin: portava in una radura dove c'era un grande MELO carico di frutti succosi,

di cui sia la ragazzina sia il cavallo erano molto **golosi!**

Quel pomeriggio, il tempo corse più veloce del più **VELOCE** dei cavalli.

Quando la luce del sole al tramonto iniziò a tingere di **ARANCIONE** la campagna, le Tea Sisters capirono che era arrivato il

momento di avviarsi di nuovo verso il ranch.

– *Mi sono divertita tantissimo!* –
disse Sandy alle sue nuove amiche.

L'allegria della ragazzina, però, svanì poco dopo, quando Sandy si accorse che il suo cavallo iniziava ad agitarsi e si rifiutava di proseguire: – Che cosa c'è, Black? Perché ti sei fermato?

Fu allora che una FOLATA di vento sospinse fino alle ragazze un odore pungente.

– Da dove arriva questa terribile puzza di fumo? – chiese Paulina perplessa.

– Oh, no! Viene dal ranch! – esclamò Pam, indicando il fumo scuro che si alzava dall'Orizzonte. – C'È UN INCENDIO!

UNA SERATA DA DIMENTICARE

Le ragazze legarono a una staccionata i cavalli, troppo SPAVENTATI dal fumo per proseguire, e si precipitarono di corsa al ranch.

– PER FORTUNA SIETE QUI! – esclamò Shen vedendole arrivare. – Il CAPANNO DEL FIENO ha preso fuoco!

Pamela esclamò: – Che cosa aspettiamo?! Corriamo a SPEGNERLO!

Giunti sul posto, i ragazzi trovarono Bob e Lisa che cercavano di domare le FIAMME con un estintore, ma gli sforzi dei due erano insufficienti e l'incendio rischiava di estendersi!

-DOBBIAMO AIUTARLI!

Nicky prese in mano la situazione: – Prendete quei secchi e formiamo una catena dalla **POMPA** dell'acqua a qui!
Seguendo le indicazioni della ragazza, gli studenti riuscirono così a trasportare secchi e secchi d'ACQUA in modo rapido e sicuro.
Dopo qualche minuto, che sembrò durare all'infinito, Bob e Lisa riuscirono a domare l'INCENDIO!
Appena la situazione fu tornata tranquilla, i due roditori portarono Sandy a dormire e invitarono i ragazzi a entrare in casa a riposarsi sui **DIVANI** del soggiorno.

PIÙ VELOCI!
ARRIVO!

– Per fortuna c'eravate voi! – esclamò Lisa, servendo a tutti TAZZE di camomilla.

– Non voglio pensare a che cosa sarebbe successo senza il vostro aiuto!

– Ora cerca di tranquillizzarti – disse Colette, prendendole una ZAMPA.

– Il pericolo è passato, non c'è più niente di cui preoccuparsi!

Lisa e Bob, però, si scambiarono un'occhiata tutt'altro che rasserenata.

Colette chiese: – Mi... mi sbaglio? C'è qualche altro problema?

Bob fece un profondo respiro: – In realtà, l'incendio di oggi purtroppo non è il primo INCIDENTE che capita...

Con lo sguardo preoccupato, il roditore raccontò che da qualche tempo all'Orizzonte avevano iniziato ad accadere FATTI STRANI.

Prima la società elettrica aveva staccato la corrente al ranch, sostenendo che Bob e Lisa non avessero pagato una bolletta che, in realtà, loro non avevano mai ricevuto.

Poi, le consegne mensili di FORAGGIO avevano smesso di punto in bianco di arrivare.

– E anche la **FUGA** di Berry... – concluse il roditore. – Non era mai successo che uno dei nostri cavalli scappasse!
Dopo le rivelazioni di Bob, il silenzio calò nella stanza. Poi Paulina disse: – Beh, sono imprevisti che possono capitare...
Ma Lisa rispose: – Già, ma purtroppo questi **IMPREVISTI** ci hanno danneggiati. La verità è che il Ranch Orizzonte rischia di **CHIUDERE**...
Pamela esclamò: – Ma non è possibile! Lisa, l'hai detto anche tu: **A TUTTO C'È UNA SOLUZIONE!**
Bob ammise: – Sì, una soluzione ci sarebbe. Ma non ci piace: un famoso fantino vorrebbe comprare Black. Non vorremmo dare un dispiacere a Sandy, ma la **vendita** di Black sembra l'unico modo per non perdere il ran...

– NOOOO! NON POTETE VENDERE BLACK!

Tutti i presenti si voltarono verso la porta della stanza e videro Sandy. La ragazzina era **SGATTAIOLATA** fuori in pigiama dalla sua stanza ed era scesa al piano terra.

Così, aveva **ascoltato** la conversazione di nascosto, e adesso fissava i genitori con gli occhi pieni di **LACRIME**.

Lisa provò a tranquillizzarla:

– Tesoro, lasciaci spiegare...

– **NO!** – gridò Sandy, scappando nella sua camera.

Dopo quella **BRUTTA NOTIZIA**, anche i ragazzi andarono via dispiaciuti.

– Non possiamo permettere che Bob e Lisa vendano Black! – disse Violet preoccupata.
– Come farà Sandy senza di lui?
– Dobbiamo farci venire un'idea – disse Nicky, mentre il gruppo passava accanto al capanno rovinato dal FUOCO.
A un tratto, la ragazza si fermò e fissò la costruzione con un'espressione perplessa:

– Ehi, aspettate un attimo: cosa c'è dietro quell'abbeveratoio?!

I ragazzi corsero a controllare, e in mezzo all'erba **bruciacchiata** trovarono un fazzoletto.
Era di seta e aveva un angolo decorato da un *ricamo*.

QUELLO COS'È?
GIÀ!
CHE GUAIO!

Craig chiese: – E questo da dove salta fuori?

– Non lo so, ma di certo non è una bandana da lavoro che usiamo qui al ranch – rispose Paulina, osservando il fazzoletto. – Stanno succedendo troppe cose strane qui...

Colette concluse: – Non so che cosa ne pensiate voi, ma io non credo che siano CASUALI!

INDIZI E SOSPETTI

Le Tea Sisters erano tutte d'accordo con Paulina: Bob e Lisa erano due roditori precisi e seri, e non potevano essere stati loro a causare gli **INCIDENTI** degli ultimi tempi!
Era impossibile, infatti, che si fossero scordati di pagare la **BOLLETTA** e di ordinare il mangime per i cavalli, che avessero lasciato **APERTO** un box e abbandonato qualcosa di infiammabile in un posto pieno di **fieno!** Inoltre, gli incidenti erano troppo ravvicinati per essere casuali.

Le ragazze decisero di vederci chiaro, così iniziarono a INDAGARE!

Partirono dalla mancata consegna del mangime e, dopo essersi procurate il NUMERO di telefono della ditta da cui Bob e Lisa si rifornivano, chiamarono per chiedere spiegazioni.

– Ho appena parlato con la responsabile delle SPEDIZIONI – annunciò Colette. – E mi ha detto che il mangime non è giunto a destinazione perché... l'ordine è stato ANNULLATO!

– Annullato? – chiese Violet sorpresa. – E da chi?

– Qui viene il bello! – esclamò Colette. – Dice di aver ricevuto una telefonata da Bob!

Pamela scosse la testa: – Ma è impossibile! Bob ci ha assicurato che non ha mai fatto una **telefonata** del genere!

– Bob no – fece notare Paulina. – Però qualcuno potrebbe *aver finto* di essere Bob!

Il passo successivo consisteva nel chiarire la vicenda con la COMPAGNIA ELETTRICA: Bob e Lisa, infatti, ripetevano di non aver mai ricevuto la bolletta che risultava non pagata.

Non restava che chiedere a chi avrebbe dovuto consegnare la busta: **IL POSTINO!**

Per essere certe di incontrarlo, le ragazze lo **aspettarono** all'ingresso del Ranch Orizzonte... ma per tre giorni di fila, del postino non comparve nemmeno l'OMBRA!

Finalmente, al quarto giorno, avvistarono il roditore che si avvicinava in sella alla sua **BICICLETTA**, ma dopo aver atteso pazientemente che raggiungesse il ranch, lo videro svoltare in direzione del **CASALE** abitato dal signor Martin.

– Signor **postino**, ci scusi! – lo chiamò Nicky, raggiungendo di corsa il roditore insieme alle amiche. – Perché non è passato al Ranch Orizzonte?

Il postino aggrottò le **sopracciglia**:

– Il ranch? Ma lì non c'è nessuno!

– Nessuno?! – chiese Colette sorpresa. – E chi gliel'ha detto?

– **Il signor Martin!** – rispose il roditore. – Mi ha detto che i signori Bob e Lisa sono partiti e che devo lasciare a lui la loro **POSTA**.

SIGNOR POSTINO!
ASPETTI!

Pamela non credeva alle sue orecchie: – Che cosa?! E lei gli ha credu...
– Ehm, grazie dell'aiuto, e ci scusi se l'abbiamo disturbata! – la interruppe Paulina, facendole capire di non dire una parola di più.
– Ehi Pilla, che cosa succede? – chiese Pamela confusa, non appena il postino fu lontano.
– Perché non mi hai fatto finire? Se la BOLLETTA non è arrivata a destinazione è perché il postino ha creduto alla bugia del signor Martin!

– Lo so! – la rassicurò Paulina. – Ma avete visto qual è il nome del signor Martin?
Pamela, Nicky, Colette e Violet si voltarono nella direzione indicata dall'amica, e sulla CASSETTA delle lettere lessero il nome del vicino di Bob e Lisa: Vincent Martin.

– Non vi dice niente? – chiese Paulina impaziente.
– Vincent Martin...

V M...

– V M... – ripeté Colette concentrata.
– Ma certo! Il fazzoletto!
Felice per l'intuizione appena avuta, la ragazza tirò fuori di tasca il **fazzoletto** di seta trovato sul luogo dell'incendio e guardò il ***ricamo***: – Questo non è un decoro qualsiasi, sono le iniziali di *Vincent Martin!*

Questo fazzoletto appartiene a lui!
Violet dedusse pensierosa: – Quindi il signor Martin era al ranch prima che scoppiasse l'**INCENDIO**...

Pamela aggiunse: – E sempre lui ha fatto in modo che non **ARRIVASSERO** più le bollette!
Nicky ipotizzò: – A questo punto, potrebbe essersi anche finto Bob per **ANNULLARE** la consegna di mangime!
– Già – annuì Paulina. – Ora non ci resta che rispondere a una domanda...

PERCHÉ L'HA FATTO?

ALLE STRETTE!

La prima risposta possibile alla domanda di Paulina era molto semplice: se il signor Martin aveva cercato di **boicottare** il Ranch Orizzonte era perché aveva in profonda antipatia Bob e Lisa.

Questa **MOTIVAZIONE** però non soddisfaceva le Tea Sisters, che si erano convinte che dietro il comportamento di quel vicino scorbutico ci fosse un **PIANO PRECISO**.

– Ok, ragazze! Che cosa sappiamo del signor Martin? – chiese Paulina sedendosi davanti al suo **PORTATILE**.

– Pochissimo, a dire la verità... – rispose

Colette. – Conosciamo solo il suo nome completo...

Pamela aggiunse: – E che abita qui sull'isola!

AVVIANDO la ricerca sul computer, Paulina commentò: – Ok, non è molto, ma per iniziare andrà benissimo!

– O-oh... – esclamò Colette, guardando lo SCHERMO del portatile.

– Lo sapevo... – sospirò Nicky rassegnata.

– Non avete trovato niente...

– Al contrario! – esclamò Paulina con un sorriso.

– Abbiamo trovato qualcosa di MOLTO interessante!

Leggendo gli articoli scovati on-line, le Tea Sisters scoprirono che, in realtà, il signor Martin era un famoso imprenditore. Ma scoprirono anche che, se il roditore abitava accanto al RANCH ORIZZONTE, non era perché aveva deciso di ritirarsi a vivere in campagna, bensì perché si stava preparando al suo prossimo investimento: aprire un centro commerciale ipermoderno sull'Isola delle Balene!

– Ehi, guardate qua!

– disse Violet, indicando l'immagine che corredava un articolo. – Non vi ricorda qualcosa?

Le Tea Sisters osservarono meglio: si trattava di una piantina dell'Isola delle Balene su cui era stato sovrapposto un disegno del futuro centro commerciale.

Nicky esclamò: – L'edificio sorgerà proprio nel LUOGO dove ora c'è il Ranch Orizzonte!

– Quindi è per questo che Vincent Martin sta provocando gli INCIDENTI al ranch – concluse Paulina. – Perché sa che indebolendo l'attività di Bob e Lisa li costringerà a vendere e una volta acquistato il terreno del Ranch Orizzonte potrà COSTRUIRE il suo centro commerciale!

Le ragazze non avevano dubbi: bisognava smascherare quell'APPROFITTATORE senza scrupoli!
– Ma come possiamo fare? – si chiese Violet pensierosa. – Non ammetterà mai di essere stato lui.
– A meno che – disse Colette, – non gli facciamo credere di aver perso l'AFFARE!
– Cioè? – chiese Pamela perplessa.
– Dobbiamo convincerlo che, dopo tutti i suoi SFORZI e le sue MACCHINAZIONI, Bob e Lisa si sono sì convinti a vendere il ranch... ma a qualcun altro!
Le Tea Sisters INFORMARONO subito i loro amici della scoperta e con la complicità di Bob, Lisa e Sandy, si diressero tutti a cavallo verso la RADURA del melo per tendere una trappola all'impostore.

VIA DI QUI!

– Ehi, voi! – tuonò il signor Martin quando vide la compagnia riunita ai limiti della sua proprietà. – CHE COSA CI FATE QUI?! Andate via! Lo sapete che non voglio quelle BESTIACCE in giro!

– Su, signor Martin, porti pazienza! – disse Pamela trattenendo un sorriso. – Stiamo facendo un'ultima passeggiata... da domani nessuno di noi la disturberà più!

Vincent Martin guardò la ragazza sospettoso: – Che cosa... che cosa intendi?

Lisa intervenne: – Pamela, credo che il nostro vicino non abbia saputo la novità!

Poi, rivolta al roditore, spiegò: – Sa, abbiamo deciso di chiudere il ranch...

La scoperta fece sparire ogni segno di rabbia dal viso del signor Martin: – Ma è una notizia fantasti... beh... sì... insomma... è una notizia imprevista, ma se avete deciso così... e... mi chiedevo... se aveste intenzione di vendere il TERRENO io sarei...

– Oh, grazie, ma abbiamo già trovato un acquirente – disse Bob. – Proprio stamattina abbiamo firmato il contratto di vendita!

I ragazzi videro il viso del signor Martin farsi prima bianco come una mozzarella e poi rosso come la buccia delle mele che i cavalli stavano sgranocchiando di gusto.

– NON È POSSIBILE!!! – sbraitò il roditore. – Ho cercato in tutti i modi di farvi andare via, e voi avete venduto... A QUALCUN ALTRO??????????

Paulina rispose: – Ah! Ha cercato di far andare via Bob e Lisa... in tutti i modi?

Il signor Martin cercò di recuperare:

– Beh, ehm, sì... sono stato scortese e...

– La smetta di **mentire**, sappiamo tutto! – disse Colette, piazzando sotto il naso del roditore il **fazzoletto** di seta. – Sappiamo dell'incendio, del postino, del mangime... e soprattutto sappiamo del **centro commerciale!**

Messo alle strette, il signor Martin sembrò sul punto di **TRADIRSI** nuovamente, ma dopo aver aperto la bocca senza dire nemmeno una parola... **SCAPPÒ** via a gambe levate!

Violet esclamò: – Credo

che l'epoca degli INCIDENTI al Ranch Orizzonte possa considerarsi chiusa!

Nicky scoppiò a ridere: – E io ho la sensazione che in effetti presto vedremo un cartello IN VENDITA da queste parti... ma sul casale di Vincent Martin!

FESTA!

– Eccomi qui! – esclamò Colette uscendo dal bagno della sua camera con una ciotolina piena di una crema verde chiaro.

Dopo aver costretto alla ritirata il signor Martin, Colette aveva convinto le amiche che non esisteva modo migliore per festeggiare uno smascheramento che... con una super maschera di bellezza!

Così, quella sera le Tea Sisters si riunirono in camera di Colette e Pamela e, con le zampe in ammollo nell'acqua calda, si rilassarono con una maschera rinfrescante al PROFUMO di fiori!

Paulina commentò soddisfatta: – Adesso che al ranch non succederanno più fatti strani, Bob e Lisa potranno riprendere a occuparsi dei loro CAVALLI con la passione di sempre!
Violet annuì: – E soprattutto, Sandy non dovrà rinunciare a BLACK!
La serata passò tranquilla, tra chiacchiere e risate. Mentre Paulina, Nicky e Violet stavano uscendo per TORNARE nelle loro stanze, Colette disse: – Sapete, è stato bello festeggiare la riuscita del NOSTRO PIANO... ma forse sarebbe ancora più bello festeggiare anche con Bob, Lisa e Sandy!
– Ottima idea, Cocò! – esclamò Paulina, battendo le mani con entusiasmo.

– ORGANIZZEREMO UNA FESTA AL RANCH!

Detto fatto, le ragazze si misero al lavoro per organizzare la più GRANDE FESTA che si fosse mai vista al Ranch Orizzonte, aperta a tutti gli studenti di Topford e agli abitanti dell'isola!

Come prima cosa, Paulina si mise al computer e realizzò gli INVITI.

– Che cosa ne dite? – chiese alle amiche, mostrando orgogliosa il risultato.

– SONO STRATOPICI! – esclamò Pamela. – Non vedo l'ora di distribuire questi inviti a tutti!

Ma una festa degna di questo nome non poteva non prevedere anche tanti DIVERTENTI GIOCHI... e un grande **gustosissimo buffet!**

Dei primi si occuparono Nicky e Pam, che affittarono un trampolino elastico e costruirono una gigantesca PIGNATTA*; al secondo invece pensarono Paulina e Violet, che prepararono centinaia di pannocchie da cuocere alla brace!

Ma visto che si trattava di una festa dedicata a una famiglia che amava i cavalli, le Tea Sister pensarono anche a qualcosa di speciale...

Paulina propose: – Che cosa ne dite di organizzare anche una piccola DIMOSTRAZIONE con Black, Neve, Ruggine e gli altri, con un piccolo percorso a OSTACOLI? Per Bob e Lisa sarebbe un bel modo di mostrare agli abitanti dell'isola il loro lavoro!

E così, con l'aiuto dei proprietari del ranch, anche i cavalli furono protagonisti dell'evento. Non restava che attendere gli OSPITI!

* *La pignatta è un contenitore colorato pieno di dolciumi. I partecipanti al gioco la devono colpire con bastoni fino a romperla, per prendere i dolcetti all'interno.*

SARÀ UNA FESTA STRATOPICA!

Un regalo speciale

La festa organizzata dalle Tea Sisters al Ranch Orizzonte fu un **vero successo!**

Sin dalle prime ore del pomeriggio, una folla di roditori si riversò nel cortile!

E dopo i **GIOCHI**, gli **SPUNTINI** e le **danze**, giunse il momento dell'esibizione dei cavalli.

– ***Ehi, Sandy, sei pronta?*** – chiese Paulina, raggiungendo insieme alle Tea Sisters la ragazzina nelle **stalle**, dove stava finendo di sellare Black.

Sandy annuì contenta: – Io e Black non vediamo l'ora di **ESIBIRCI!**

– Prima che tu vada, però, vorremmo darti una cosa – disse Colette, porgendole un grosso PACCO rettangolare.
Violet spiegò: – Lo abbiamo fatto un po' per una... ti piace?

Con gli occhi che le brillavano dall'emozione, la ragazzina scartò quel regalo inaspettato: – Ma è... è davvero bellissimo! Black, è un DIPINTO che ritrae noi due!
In quel momento, Bob fece capolino nella **stalla**: – Sandy, sei pronta? Tocca a te!
Sandy guardò le sue nuove amiche e sorrise sicura: – Arrivo!

Un istante dopo era nello spiazzo del ranch con Black, mentre tutti gli invitati la guardavano ammirati.

Colette mormorò con emozione:

– Sandy è una ragazzina formidabile!

Pam annuì: – Vero! E anche il Ranch Orizzonte è un posto formidabile!

Le cinque amiche si strinsero in un abbraccio, e guardarono felici lo spettacolo, mentre le prime stelle iniziavano a brillare nel cielo.

Ancora una volta avevano vissuto un'avventura indimenticabile e insieme erano riuscite a superare ogni difficoltà: l'amicizia è un dono meraviglioso!

Che spettacolo!
Bravissimi!

VOLA BLACK!

INDICE

VITA AL COLLEGE

Leggere è un'avventura emozionante!
Segna tutti i libri della tua collezione!

1. L'amore va in scena Topford!
2. Il diario segreto di Colette
3. Tea Sisters in pericolo!
4. Sfida a ritmo di danza!
5. Il progetto super segreto
6. Cinque amiche per un musical
7. La strada del successo
8. Chi si nasconde a Topford?
9. Una misteriosa lettera d'amore
10. Un sogno sul ghiaccio per Colette
11. Ciack si gira a Topford!
12. Top model per un giorno
13. Missione "Mare Pulito"
14. Il codice del drago
15. Il club delle poetesse
16. La ricetta dell'amicizia
17. Gran ballo con il principe
18. Il fantasma di Castel Falco
19. Campionesse si diventa!

N
1
2
3
4
5
6
7
8
9
10
11
12
13
14
15
16
17
18
19
20
21
22
ISOLA delle
BALENE

ISOLA delle BALENE

1. Osservatorio astronomico
2. Faraglioni dei Gabbiani
3. Spiaggia degli Asinelli
4. Clinica veterinaria "Cuccioli felici"
5. Locanda di Marian
6. Monte Franoso
7. Picco del Falco
8. Spiaggia delle Tartarughe
9. Fiume Patella
10. Bosco dei Falchi
11. College di Topford
12. Grotta del Vento
13. Circolo Velico
14. Accademia della Moda
15. Scogli del Cormorano
16. Bosco degli Usignoli
17. Biblioteca Comunale
18. Porto
19. Villa Marea: laboratorio di biologia marina
20. Impianti fotovoltaici per l'energia solare
21. Baia delle Farfalle
22. Scoglio del Faro

TOPFORD
1
2
3
4
5
6

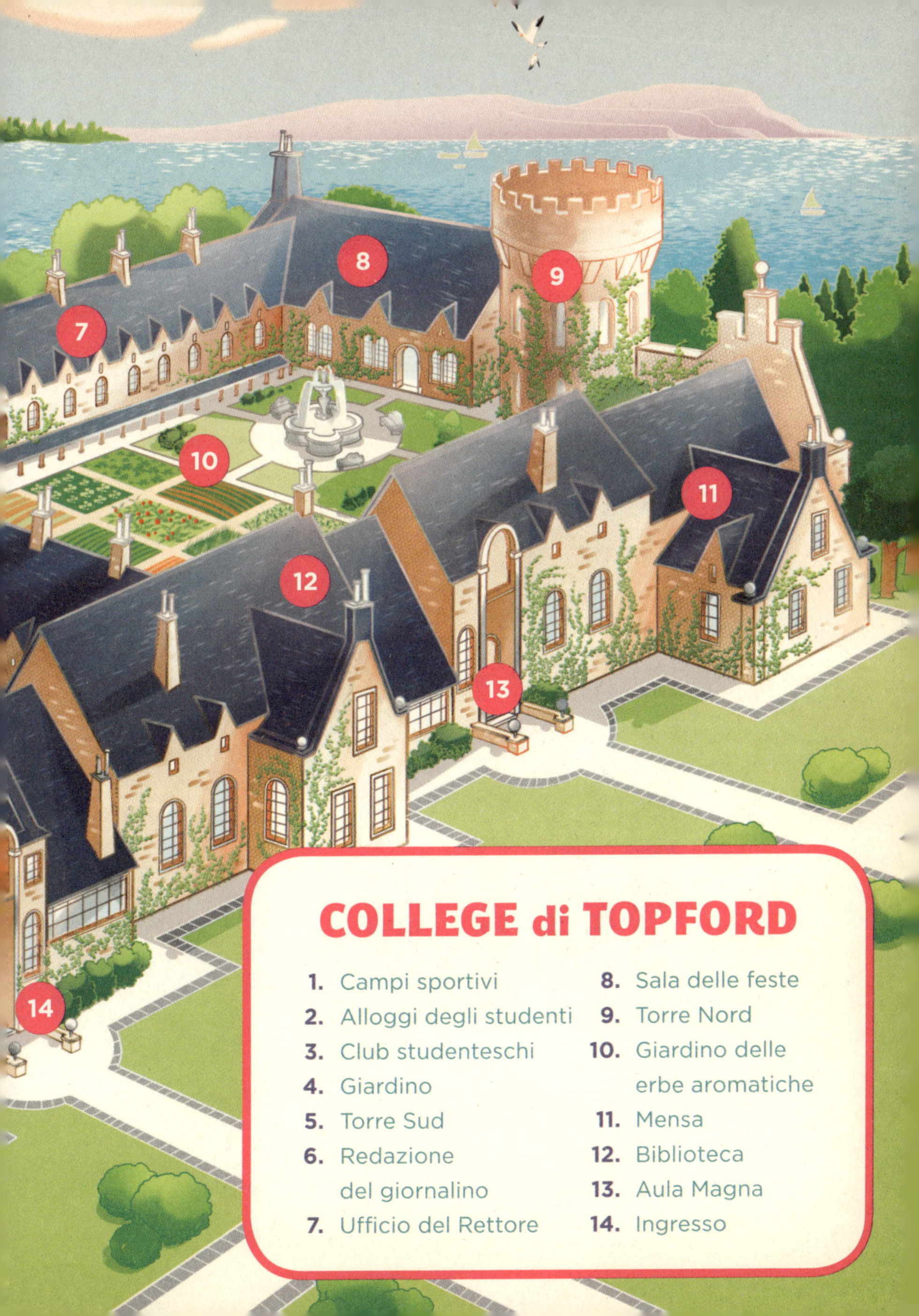

COLLEGE di TOPFORD

1. Campi sportivi
2. Alloggi degli studenti
3. Club studenteschi
4. Giardino
5. Torre Sud
6. Redazione del giornalino
7. Ufficio del Rettore
8. Sala delle feste
9. Torre Nord
10. Giardino delle erbe aromatiche
11. Mensa
12. Biblioteca
13. Aula Magna
14. Ingresso

Arrivederci alla prossima avventura!

Scoprite tutto sul mondo delle Tea Sisters su www.ildiariodelleteasisters.it

PROVA D'ACQUISTO
TEA SISTERS
VITA AL COLLEGE
N°29